Y

Ye

1636g

PLOUS É RIS,

POÉSIES,

PAR

J.-M. BUGET,

Instituteur communal.

LA RÉOLE,

Imprim. de **Pasquier**, p. du Turon.

1848.

DÉDICACE A M. JANSEMIN.

Jou praoubét! à tu grand poèté,
Dount la gloire rase lou cèou,
É déns lou souréil sé réflète,
Dé moun luth timide é ta nèou
Gaousi t'adréssa lou prélude;
Aouras un régard piétadous!
Jansemin, sé ma bouas és rude,
As lou co téndre é générous.

Qué bos? aou mitan dé l'aouratye,
Quand la ma sé gounfle é brouncis,
D'un chant gracious ou saoubatye,
Maourè lou flot qué s'ésmalis,
Lou matalot brèsse soun ame;
É, librant sa béle à tout bént,
Cante, s'éndrom, é dé la lame
Séguis lou branle é lou courrént.

Ataou dé ma souffrance dure
Ma Muse adoucin lou pouzoun,
Amourtis l'ale dou malhure
É mé brèsse dé sa cansoun:

1

Ataou la turmente s'oublide ;
Ataou pér la Muse éndroumit,
Moun calice pu dous sé bide,
Jansemin, n'as pas tu souffrit ?

Sabes, oh ! sabes dé la bie
Quaou pés nous éspoutchis lou cap ;
É chèn lou tablèou dé la mie,
O poète, toun ame sap
Coume noste ame és rousigade,
Dé quaou pan amèr sé nourris,
De qualles plous és arrousade ;
Car èy légit touns *Soubénis.*

Dèche mé dounc canta ! ma Muse
Arrayade à toun grand souréil,
Crégnera méns, pr'aquére ruse,
Lés bioues clartarts dou rébéil ;
Débat toun génie abricade,
N'aoura pas poou d'un cèou crumous ;
È pér tu s'ère proutégeade,
Légirén hélèou *Ris é Plous.*

LA MORT DÉ MOUN AOUSÈT.

Déns lou nid où t'amigaillèoui,
Aousèt, qué touyoun plourerèy !
Déns la caouje oun t'appasturèoui,
Hélas ! né té trobi pas mey !

T'én ès anat, aousèt aymable,
É m'as dichat déns lou turmént ;
Qué t'èy dounc heyt, jou miscrable,
Pér mé quitta ta tristemént ?

T'én ès anat... é dens moun ame
Puntéje une amère doulou ;
Ah ! t'èy pérdut... moun co sé pame...
Aousèt, jou t'aymèoui d'amou !

Ères lou soul déns moun malhure
Qu'aouey pr'adouci moun chagrin ;
É per coumble à ma péne dure,
Né cantès pas mév... un matin..!

Quand t'aouèy pér ma coumpanie,
L'hore passèoue bistemént ;
Ta bie ère un charme à ma bie,
E ta bouas un rabissemént.

Daouan une so bièrge éncare
Passèt biste coumme un flambèou ;

Tu l'as séguide, é jou toutarc
Baou ana la jouègne aou toumbèou.

Chèn doute aou cèou oun és mountade
Aouès méditat toun éssort ;
É toun ale a prés la boulade
Débèrt aquére éstéllc d'ort ?

Ré d'aci-bas n'amourisquèoue
Toun co bagnat déns lés doulous ;
A toun ame qué s'anujèoue
Jou réspoundèoui pér lés plous.

Mais là haout jamey né brouncissent
Lous aouratyes désénchèynats ;
Jamey lous bèts jouns né s'éclipscnt ;
La bie a toutes sés clartats.

Une luts d'amou toutyoun brille
D'un ésclat qué ré né térnis ; ·
É lou plasé toutyoun gratille
Lou co dé l'anye qué boundis.

Aymable aousèt, Ah ! sé poudèoues
Désérta lou cèou pr'un moumént...
Un soul moumént.. sé rébinèoues...
Jou mouriri pu doucemént.

Déns lou nid oun t'amigaillèoui,
Aousèt, qué toutyoun plourerèy !
Déns la caouje oun t'appasturèoui,
Hélas ! né té trobi pas mey...!

A MOUN MÉDECIN.

Noble disciple d'Hésculape,
Tu qué garisses dé tout maou ;
Tu qué toques ta bién oun faou,
Quand la rate m'hey tipe-tape :
Ou qué lou bénin danyerous
Pérméne soun pousoun fiébrous
Déns més bénes tout aouéquades ;
Approche, médécin sabént,
Aciou agrandis tés pénsades,
Bène tasta l'éndrét doulént.

Escoute : pér cassa la fièbre
Qué mé roumègue lou cérbèt,
Crèy mé, coumptis pas sus l'éffèt
Dé la quinine ou dou génèbre.
Moun maou és pértout, mèy énloc ;
Né mé parlis dé nat siroc ;
Né noummis nat apouthicayre,
L'apouthicayre m'a rouynat ;
Acos un abîme qué layre
Dinquà qué la bourse és à plat.

N'èy pas besouing de ta lancétte,
Pér m'estchourri lou méchant sàng ;

Sarre toun bistouri taillant,
Sarre lou biste én sa boursétte
Coumme l'éspase én soun fourrèou :
Né bènis pas m'agri lou hèou,
Én mé déspléguant un loung thème
Téchut dé mots rébarbatious :
Pér mé parça nat apousthème,
N'approuchis pas... souy dous pu bious !

Garde té d'ourdounna la diète,
Moun éstoumac l'ayme trop tchic :
Acos moun pu grand ennemic,
L'harey toutyoun batte én rétraite :
Dèche atchi touts lous laoueménts
É touts lous rafrésquisseménts
Bouns pér échénta la coulique ;
Toun malaou n'a pas nat bésouing
D'aquère triste gymnastique ;
Louing d'aci lés pountingues... louing !

Jamèy la tignouse croustère
Dé soun bounét né m'á couat,
Pér moun péou lis acos proubat :
Dé la puantou d'un cauthère
N'èy pas heyt boussa lous nasiés
Quand èy abourdat mouns amics :
Nade déminyésoun galouse
Né m'hasout émpourta lou tros,
É nade rougeole rougnouse
Né m'a jamey toursut lous os.

Jamèy moun aouréille né jitte
Lou pus d'un cap marécatyous ;

Jou n'èy pas lous ouéils légagnous,
Ma léngue és libre dé pérpite ;
La bile né m'hèy pas boumi ;
Nat catharre né m'hèy tuchi ;
Né souy pas dounc poussiou, docture,
Lou tuèc né m'éstouffe pas ;
Jamey la goutte né tourture
Més cames qué courrent... oun bas ?

Es qué moun léngatye t'assoume ?
Damore ; atténd dounc un moumént !
Pér toun malaou èstis patiént !
Né sabes pas encare coumme
S'aouance lou trin dé moun pous ;
Né eounéches pas més doulous ;
S'èy la cérbèle émbarrassade,
Ou quaouque attaquemént nérbut,
Ou bién la potrine oppréssade,..
Ah ! couquin... lou soun d'un escut...

Nou, toun ame és trop libérale,:
T'èy jamèy baillat un ardit ;
Mais t'apèri, pér toun crédit,
Pér ta sciénce générale :
Aco n'és pas assèz d'aounou ?
Té bési mounta la rougeou,
Quand té parli dous hounouraires ;
Toun co générous és blassat.
Dichan aquéres bagatères,
Jamèy né bos ésta pagat.

Acos lou signe dou géniè,
Aquét signe porte bonhur ;

Toun noun séra bién haout, doctur !
Mais parlan dé ma malaousie :
T'èy dounc dit qué nat malitchas,
Ni mèy nat apousthème gras
Énloc dé moun corps né tchémioue.
Aillouns és lou déchiremént ;
Mais atchi la plague és ta bioue !
Biste, doctur, soulatyement !

Lou grand é lou purmè préncipe
D'aquét maou qué n'a pas dé fin ;
Aquét que m'hèy courre camin,
Qué m'hèy ahugla quand mé grippe ;
Débine lou ; doctur qui sap ?
Bélèou qu'én fouillant déns toun cap,
Lou trouberas... s'ès débinayre,
En désbarréjant toun cérbèt,
N'as pas bézouing dé cérqua gayre,
Trobes léou la caouse à l'éffét.

Bah ! débinerés l'an quarante...
Énténd dounc, té baou dise tout
Dou coummencemént dinqu'aou bout ;
Inbante une poutioun calmante ;
Cade matin à moun rébéil,
Daouan lou léoua dou souréil,
A ma porte és un can dé casse,
Què réspound aou noum d'hussier,
Dan une biéille paperasse,
Oun és siguat : aoudiancier.

Acos lou can dé tout lou mounde ;
Jou l'èy chèn césse à moun éntourn ;

Cadun mé l'énguisse à soun tourn ;
Anèyt és aou pourtaou qué grounde,
Adréssat pér lou pércéptur ;
Douman séra pér lou doctur...
Ah ! n'y penséoui pas, éscuse !
Tu n'as pas l'ésprit ta malin ;
Mais lou sérpént és plén dé ruse !
Méfie té d'aquét màtin.

Rougnèoue jèy pér l'aoubérgiste,
Lou joun d'aouan pér lou boutchè,
Bira lèou pér lou boulanyè :
L'animaout sént ta bién la piste !
Acos lou fidèle coumis
Dou biéil mèste dé moun loutyis ;
Lou marchand drapier mé sagane ;
Lou taillure m'a désensat,
É l'affrus courdounè m'éscane :
És toutyoun aciou lou sabat.

Jamèy n'èy bis paréille bie !
Acos 'chèn cèsse même trin ;
Chèn poudé prébése la fin
D'une ta triste coumédie ;
Cade joun dinqu'à carnabal
M'atténd aou pè dou tribunal ;
Pas un amic né mé counsole ;
Car tout loú mounde es éscriut
Sus quaouque triste paperole
D'aquét fratras qu'èy récébut.

Balà dé moun maou la racine.
Lou balà lou maoudit turmént,

Qué mé traque éternellemént,
Qué mé minye, mé déstrémine ;
Ourdounne dounc pér toun malaou !
Digue lou rémède qué faou,
Pérqué garissi, pérqué bioui !
Parle anén... qu'és aco qu'as dit ?
Jou ! doctur ! paga so que dioui ?

LOU ROUSSINOUN.

Aciou à l'oumbre d'aquét bioule
Bèni ta souén soupira més doulous!
Sus la branque appitat, lou Roussinoun qué chiòule,
Tcharme moun co dé souns airts amourous.
Anèyt y souy bingut; mais sa bouas éndroumide
N'a répétat nat réfrin dé cansoun :
Lou souréil s'és léouat, la flou s'és ésblandide,
É jou n'èy pas aousit lou roussinoun :
Ah! digue mé, quaouque péne cruelle
Chèn doute t'a parçat lou co?
Bélèou ta coumpagne énfidèle
Té dèche mouri déns lou do,
Méprisant ta doulou mourtelle?
Quand ayment, és ta dur dé n'ésta pas aymat,
Mais lous chagrins qué nous caouse un ingrat,
Aquéts chagrins jamey né bous rousiguent :
Lous purmès amous qué sé liguent
Chez bouzaouts soun chèn fin; la triste humanitat,
Aout lou pu triste héritatye!
Lou sort li baillét én partatye
Mille turménts qué né counéchets pas!

Roussinoun, digue mé so qu'as?
Pérqué ploura toutyoun? Ey bésouing d'harmounie
   Pér amourti lés pénes dé ma bie :
Cante, roussinoun, cante! à jou soul soun lés plous,
      Une dé tés roulades
      Ba cassa lés négues pénsades
      E lous soubenis malhurous
      Dount lou marmut anujous
Né dèche nat répaou à moun àme éstaride!
   Réjouis mé dé ta bouas ésbéride...
Mais né t'aousissi pas... débini toun chagrin :
L'amigue qu'à toun sort l'hymèn aouè ligade,
      Hélas! s'én és anade!
      É te dèche én camin
Échugua tout soulét un calice dé ligue!
      Charmant roussignoulét!
   La mort t'a rabit toun amigue,
      Praoubét!
   Plounyat déns la mélancoulie,
      Té bas dicha mouri!
      Coundamnat à la bie
      N'arés pas qué langui.
   Nou, roussinoun, né partis pas ta biste!
Lou bousquét és ta soul! la nature és ta triste!
   Dioues un tribut dé doulou
A la téndre mitat qué touns ouéils adourèouent;
   Aouméns un darrè chant d'amou!
És toutyoun dous dé canta so qu'aymèouent.
      Tè, ligue té dan jou;
      An touts dus grande pénc!
   Ayderèy ta bouas à répréne
Lou réfrin langourous dé touns accords douléns;
Quand plourent dus, aco soulatye lous turménts.

MOUN

COUNSÉIL DÉ RÉBISIOUŃ.

(EXTRAIT DÉ MOUNS SOUBENIS.)

A MOUSSU DEYRES.

Aou mièy dé rèbes dous coumme lou jus d'un fruyt
Qué sé hound déns la man én liquou parfumade :
Aou mièy d'uní calme hurous, qu'èy aousit? é quaou bruyt?
    Dirén lou fracas d'une armade !
Praoubét ! aouèy bint ans ; lou sort m'aouè touquat ;
Mé falioue trouqua pr'un habit dé sourdat
    Ma soutane qu'èy tant aymade !
Jou.. ta paouruc.. sourdat ! oh ! n'en rébèni pas !
    Aou soul mout dé mitraille,
Mouns péous sé soun quillats, é réculi d'un pas !
Puy térrible, béstide én raoube dé bataille,
    Lous ouéils ardénts coumme canouns,
La reyne dous coumbats, un sabre à la man drétte
    A l'aoute une troumpétte,
Sé maste daouan jou, mé cargue dé frissouns,
É mé cride aquéts mouts : *Armes, gloire, patrie !*

Quand a bién eastiguat, né garde une douçon
Déns més bénes labéts sénti trouta la bic,
   Moun co s'énfle, moun sang bouris,
Aou couratye un moumént la poou bèn hèse place,
Oh ! mé crési basut d'une martiale race,
Moun pay... hébé ? Praoubas ! moun ardou s'amourtis :
   Moun pay, pétit tambouriayre ;
   N'a jamèy gaousat fésilla ;
   Moun grand pay ère un bialounayre :
   Ne sabout jamey qué piailla
   Aou mitan dé femmes léngudes,
   Dount lou bisatye langourous
Sap ta bién amourti lous hommes couratyous !
Én aquét soubeni més forces soun pérdudes.
     É lous mouts glourious
   Dé la guérrière tan ardénte
Trobent pas mèy d'écho déns moun ame doulénte.
   És égaqu . hardit ou pouytroun,
  Mé faou broussa ; faou bésti la giberne :
Bélèou, pourtant... nou, ré ; lou malhure m'éncèrne.
   Sourdat, cinte l'éspadroun.
  Èy bèt crida : la roumaine bannière
   Qué flotte sous caps caloutats,
   Aou régimént papal m'apère !
   Mouns crits aou bént soun émpourtats.
O pay dous abérots (1), m'ats caousat bién traouèsses !
M'ats heyt tchuqua lou hèou déns un calice amèr ;
M'ats heyt plégua lou frount débat un ju dé fèr ;
Pér tant dé coupe-caps, ah ! mé diouets bién mèsses !

---

(1) Il me fut impossible d'obtenir un certificat de mon agrégation au séminaire et par conséquent de mon exemption militaire.

Acos hèyt, Daouan cént limiérs
Qué lou goubèrnemént m'énguisse,
Coumme un martyr déns une lice
Aou mièy dé dogues carnassiers,
Mé faou bouta tout nut! oh! pénsade hountouse!
Jou qu'une paraoule brégnouse, -
Un mout léougè dinqu'aou blanc dé l'ouéil hèy rougi,
Coumme un bousic qué sort de débat terrc,
M'ana bouta tout nut..! nou', nou, pu lèou mouri!
Pourtant acos so qu'a boulut lou séminaire!
Débat aquét pés éspoutchit,
Toursut dé poou, moun cap s'éscarcaillèoue!
Déns lou chagrin qué m'éscanèoue,
Anèoui souén méns éstourdit,
Près d'ou counsouladou* dé més couséntes pénes,
Aléougi mouns turménts pésants coumme cadénes.
Un joun : «Praoubét! « dichout aquét homme dé Diou,
Én échuguant lés plous burlantes
Qué dé mouns ouéils jailliouent coumme un riou:
«Praoubét! tés gaoutes soun flambantes!
Souffres toutyoun! — Oh! tant! é toutyoun mèy,
Moun pay, pér né gari jamèy.
—Oh! lou pégas! sédit, casse aquéres pénsades,
Négues coume la nèyt, qué t'écharpent lou cap...
Moutche... toun pous s'én ba tout à saccades!
Bos dounc mouri, malhurous? é qui sap
Sé n'y damore pas éncar quaouque brigaille
D'éspouare saoubadou?
Qui sap sé lou boun Diou,
Qué bién souén amigaille,

---

* M. le curé de Castets, qui m'a été dévoué dans
plus d'une circonstance.

Déns lou houns dou calice oun tchuques l'amértume ?
    Ah ! souén débat l'amère éscume
    Sé catche une liquou dé mèou...
    Tè.., déns ma cérbèle agitade
Èy séntit traouéssa lou bént d'une pénsade ;
Oh ! la pénsade hurouse ! aquére bèn dou cèou.
— Quale ?— Éscontc : « aou matin à l'hore dou bapure
    Tchén t'appréstat ; aou pay dous abérots
        Toun pastou bo parla dus mots.
— Oh ! lou counéchets pas ! — Quand aouré lou çap dure
        Coumme un maille-moutoun...
        Lou mén n'és pas pu tendre !
S'és marriou , jou tabé, lutteran, é lou mendre
        Aou pu fort diou bailla résoun.
Ba, praoubét ; ba moun hil : brèsse té d'éspérance !
Ba, damande aou soumméil l'oublit dé la souffrance. »
Dichout-ét. Mais la neyt dé rèbes éspaourit,
Né bésouy qué sourdats, qué fésils, qué bataïlles ;
É la Mort trioumphant aou mièy dé cént mitrailles,
        Quand lou canoun aouè brouncit ;
        É lou matin tout ésbarrit,
        La poou éncar mé dégrouèoue.
Lou téns ère à la brume, é lou souréil crumous
        Tristemént sé catchèoue.
        Debat un rideou négrillous.
Matin soumbre ! dichouy ; acos triste présatye !
Gare , praoube abérot , gare , oh ! gare à l'aouratye !
Moun défensure é jou sus lou même batèon
        Ban abiats décap à Bourdèou :
Touts dus l'ésprit pénsiou é l'ame trabaillade ;
L'un rébant à la guerre é l'aoute à soun proucès.
        Touts dus déns lou même traouès
Dioueut bése néga l'éspouar dé sa pénsade.

Lou bapure aou bord à touquat.
Nous lancent lous purmès à terre :
Aouré fallut nous bésc arpénta lou pabat,
    Boula décap aou séminaire !
Lou pay dous abérots ère soul : — Tant millou !
Dichout moun défénsure, é débèrt à sa crampe
Coumme aout lèou grimpat d'un pè lèste ! maîs jou
    Proubas ! la poou mé baillèt la garrampe.
      Damourey transit, à noun plus
Aou pè dé l'éscalè. — Maîs quaou chamail affrus
    Bingout échourdi més aouréilles !
Mé crésouy transpourtat aou miéy de crante biéilles
    Aou sabbat un dibès déssé.
    Lou séminaire n'én branlioue.
    Tant mèy moun curé s'ésmalioue,
    Tant mèy lou Préncipal brouncioue
    Agusat dé biou désplasé.
Boudiou ! mé dichouy-jou, qué caousi dé tapatye !
Pr'un pétit abérot quaou furious aouratye !
Une hore sé passèt én aquét grand coumbat.
    Én sourtin d'aquére gatibourre ;
    moun curè lou péou hérissat,
    Coumme un dogue dé bourre :
« Pas mouyén, sé dichout, pas mouyén d'ésbranli
    L'idèye énracinade
    Déns sa bore éntéstade ;
    An bèt qué lou ségouti !
Acos bién moun parèil, pas mey qué jou né plégue !
    Nou, gna pas dé mulét
    Téstut coumme ét.
Praoube amic, ès basut débat un cèou bién négue,
    És égaou, souy pas maou contént
D'aoué ta bién dréssat un membre dou chapitre

N'aoura jouns l'ésprit éscousént '
Ét chanoine poumpous, ta bésin dé la mitre.,
Ésta ta bién rasclat pr'un pétit curérot ' »
  Ataou disèoue en s'ésçanant dé rise,
    Moun Diou ! é jou praoubot !
    Bargat pr'aquére crise
Qué sentioui moun cap débat un pés qué brise
  S'éscailla coumme un ésclapot.
Dénpuy nat brin d'éspouar pér gratilla moun ame :
    Nat rayoun dé souréil
Pér ésclari ma neyt, nat brigail dé somméil
Pr'ésmoutcha dou chagrin la pénétrante lame.
É dounc én arribant, ah ! yaout triple maou !
    Car digun à l'oustaou
Ni moun pay, ni mamay né sabèouent lés pénes
  Qué toursèouent moun co malaou
    É burlèouent més bénes.
  Labéts coumme un bouale crumous
Lou chagrin s'éstènout sus la praoube famille ;
  Enténdoun crits mèy plous :
« N'aouran pas mèy de hil ? sé disèoue Piarrille,
Faou dounc trayna la biace à l'aoumoyne, jou biéil ? »
Aquét bram de moun pay, qu'amèremént plourèoue,
Hasout quilla mous pèous, é moun co n'én sangnèoue.
Lou sécrét ésbéntat à soun purmè rébéil,
Éstèt lèou ésblouit pèr toute la coummune ;
Mais, diou merci, digun né gardèoue rancune
Countre lou praoube abbé ; yaout plous dé tout bord.
Té soubènos, labéts, tu qu'alléougis ma péne,
  Qu'abiouès moun éspouare mort ;
  Coumme un dous bént dé soun haléne
  Rafrèsquis un bouquét flachit,
Mé dichous : « Plouris pas ! ta ménut é ta méndre !

Bos qué bouillin cargua toun éspaoule ta téndre
D'un fésil é d'un sac dé sourdat? Éspaourit!
É ta man mé truquèt entchicot sus la gaoute :
Ba, crèy mé, dichous-tu ; n'èy tirat mèy d'un aoutc,
Té tirerèy tabé : ba, damore en repaou. »
Hébé, né dirés pas, ta paraoule sucrade
Déscéndout coumme mèou déns moun ame amarade,
    É séntiy chancela moun maou.
Mais moun cap abiouat, aou bént dé la turménte
        Tournèt lèou sé bira ;
Coumme lou matalot én danyè sus la ma
Éspère quaouque cop, é pu souén sé turménte ;
    Ataou chambértat cade joun,
Dé la neyt à la luts, dou bèt téns à l'aouratye,
        Séntiy baruilla moun couratye,
        Dinqu'aou counséil dé rébisioun.
Aquét joun arribèt : lou souréil ésblouioue,
        É réjouit dé sa clartat
        Cade bisatye s'ésblandioue ;
        Mais jou, praoubas! lou co négat,
        Ni bèt téns, ni cèou souréillat,
        Ni zéphyre né m'ésbériouc.
        Tout chalants décap à Léngoun,
    Moun pay é jou tristemént caminèouent,
Én préguant lou boun Diou, la Bièrge é moun patroun :
        Lou chagrin baille déboutioun ;
        É pér camin lés géns disèouent,
            Én mé lutsant drolemént :
        Praoube sourdat dé counbént !
Diou! s'aquét part, la France aura famuse guerre.
    Hébé, lous mouts d'aquéts pèysans malins,
Qu'aourén, én d'aoutes téns, alluquat ma coulère,
        M aléougioüent dé mous chagrins :

Éri fièr dé n'ésta qu'un méchant militaire.
      Pr'aoué l'airt pu malaou,
Eri partit à jun, la figure barbude,
Lou péou ésbourrissat ; ma soutane coussude
Mé la fallout dicha, corps chèns ame, à l'oustaou,
   Cabbat moun leyt tristemént ésténude,
É d'un biéil. frac mé bésoun agouaillat :
      Oh ! boudiou ! coumme èri dringat !
   Daouan d'éntra déns la paourugue salle .
Dou térrible counseil : pipe, dichout moun pay ,
      Aouras lou bisatye mèy pâle ;
      É pèr qu'èstis entchic pu gay,
      Abale, moun amic, abale
Un cop dé croc... aco n'hèy pas maou, sé dichout,
      Praoubas ! hasouy so qué boulout,
É mé rendouy aou Club * dan lés aouréilles caoutes.
Mais quand jou té baou bése un barréjat affrus
D'hommes, femmes, maynats, coumme un pilot dé gus,
      Fourma déns lou Club un atrus ;
      É lés femmes, pr'ésta pu haoutes,
      É millou bèse lous sourdats,
      Grimpa lés uncs sus lés aoutes.
Qu'és aco ? dichouy-jou, qué ? séran déspouillats
      Daouan aquére populace ?
      Moun pay réspoundout én risén :
      Beys pas dounc, pec, lou parebént,
      Oun, pér darrè, lou malhurous patiént
      Sé catche à l'insoulénte aoudace
      D'aquét puble iffrountat :

---

* Nom d'une salle de danse à Langon, où s'assemble
le conseil de révision.

Aco tranquillisèt ma pudou réboultade.
    Mais dounc, quand, moun tourn arribat,
    Lou préfèt m'aout apérat...
Boudiou! qué bèsouy-jou? chastetat adourade,
Né séntis pas dé plous ta figure bagnade?
    É dous anyéléts dou cèou
    Né bésous pas trémbla lés ales,
    Dount sé catchent coumme dé bouales
    Pér né pas bése un ta hidus tablèou?
Gn'aouè quinze à l'un cop, appitats sou théatre;
Touts nuts coumme én néchén, daouan cént magistrats;
    Aourén dit un amphithéatre,
    Oun, pér dus sos qué séran lèou plourats,
    Lous praoubes peysans dupats
    Bènent bése saoubatyes
Prés tout naouèremént aous pu loingtains ribatyes.
Lou Préfet, Sous.-Préfet, Général é Surgénts,
É dé dus grands cantouns la bande magistrale,
    Tout aco dous praoubes patiénts
    Hasèoue farce é passe-téns.
L'un nou rasat dé frés aouè la barbe sale;
    L'aoute lou peou limous;
    Aqueste, un bisatye binous
    Lés y moutchèoue la téndénce
    Qué lou poussèoue à tchurla dé bouns pous,
    É dé Bacchus éncénsa la présénce.
    Un aoute gras é bèt
    Aouè lou bénté én forme dé tounét;
É l'aoute malhurous n'aouè bénte ni fèsses.
    É tan qu'éstèssin ésmalits,
Falioue dounc qué lous praoubes counscrits
    Passèssint pr'aquéres traouésses.
Tout aco mé chambértèt lous esprits.

Ba ségouti pu louign ta camise pionsouse
Disèoue lou surgént, méchant coumme un can-houou,
A l'un d'aquéts praoubéts qué tremblèoue dé poou,
É ne sabèoue pas, déns sa paouse hountouse,
Oun bouta sa camise... Enfin moun tourn bingout :
Après m'aoué tastat : és délicat, dichout,
 Mais sa carquasse és bién bastide :
 N'én haran un crane guerrier ;
 É mey un famus officier !
 Qu'és instruit, qu'a lou cap soulide,
Sédit lou général, qué binèoue d'aousi
 Moussu Deyres, moun proutecture.
  Tout tuchaou l'abérti
Què'ri déjà bién louing déns la cléricature,
 É broyemént aouançat à flouri
Déns la sciénce é la littérature.
 Lou Préfet hasout un signaou
 A dus amics dé moun ajude ;
 Quand lous bésouy parla tuchaou,
 Moun ame sé crésout pérdude !
É tout ésmarmouriat d'une scène ta rude,
 M'angouy bouta la camise à l'émbès :
Praoubas, disèoui-jou, toumbes jamèy dé pés !
 Mais lèou d'une bouas sonore,
 Lou Préfet prouclame aou public
 Lou qui part é lou qui damore :
Quand éstèt aou trétzième... oh ! gna pas d'ésloumbric
 Abiouat coumme lés ouéillades
 Dé més nines tout alluquades :
  Jean Buget,
 Dichout lou Préfèt,
Toutes résouns éstant pésades,
Jean Buget a drét d'éxemptioun,

Coumme féble dé coumpléxioun.
Aco mé rétentit dinqu'aou houns dé la rate.
Après un double biroulét,
T'amayni tout én d'un paquét
Capèt, caouses, souliès, crabate ;
L'cscaliè haout
És d'un soul saout
Affranquit, é la foule
Qué tant mé foule
Déns soun balans,
Quoique préssade,
És lèou parçade
Dou purmè lans

Aou pourtaou appuyat, blanc coumme la murraille,
Trémblant d'én sabé trop é trop lèou, l'ouéil bitrat :
Hébé, sédit moun pay, coumme t'ès dounc tirat
Dé lés mans dé tant de canaille ?
— As lou boussic garnit ? dichouy, haout, haout ripaille !
Houéjén aquéste caperat !
É nous bala lançats déns une rue éstréte
Troutant débèrt aou cabarét,
Oun déspénsèn hélas ! lou proufit .nét
Dé houèyt youns dé trabail à grands pous de naouétte !
Moun pay tout pétit houmiét,
S'én tirèt une béntrade !
É s'arroundit coumme un barricoutét.
Chèn pénsa qué pu tard la famille ahamiade
Pouyré jouns sé sénti
D'aquère carnabalade ;
Mais gna prou qu'un bèt joun coumménci de lusi,
Pérqué lou marinè sé mouqui dé l'aouratye ;
Apuy, jou réfourmat, aouèn tant dé couratye !
A tu, Moussu Deyres, mérci !!

MOUSSU

DÉ MARÇALLUS.

BISIOUN.

A MADAME LA COUMTESSE DÉ MARÇALLUS.

⸻◇◇◇◇◇⸻

Ère l'hore oun lous malhurous
Bréssats pér lou soumméil, oublident la souffrance :
La   terre hasout un crit... coumme sé l'éspérance
Rétirèoue soun bouale échugayre dé plous,
É nous dichèoue aci layna déns lés doulous,
Pér tourna déns lou cèou l'éndrét dé sa néchénse.
Y hasout négue loung-téns..., puy la neyt s'ésclarit :

⸻

M. de Marcellus fut mon protecteur. Il payait ma
pension et mon entretien au séminaire. J'ai l'honneur
d'avoir eu sa derniere pensée. On m'a dit qu'il fut at-
teint d'apoplexie au moment qu'il me faisait une lettre
qu'il ne put achever.

Apuy tout sé taysèt coumme une ame qué pénse !
Bién lèou un anye affrus, aou bisatye maoudit,
Négue coumme l'infèrn, hazout brounci sés ales
    Coumme lou chioulét dé lés balles
    Abiades pér lou canoun :
S'éh tournèoue én grinçant déns soun térrible asyle,
    Énratyat d'un biatye inutile,
    Jittant pértout malédictioun :
    Aco're lou prince démoun.
La Mort passét aprés paouruguemént bestide
    É méy qué lou Diable frouncide ;
    M'ésbahioui dé tout aco :
Mais un broy anyélét à la mine èsbéride,
A l'ouéil ta dous qu'héy ésblandi lou co,
    Débat soun ale argéntade
    Sémbléoue d'une oumbre sacrade
    Proutégea la sénte boulade
    Débért lous champs dou Paradis.
É d'én haout une bouas hasout trémbla la Terre
    Coumme un tounnerre qué brouncis :
« Plourats, nuts, ahamiats, éscanats dé misère,
Coundamnats à tchuquà déns une coupe amére,
    Plourats, bramats pu fort !
    Lou Counsouladou dou malhure,
    L'Estélle dé la neyt obscure,
    Lou Sustchén dé la bie dure,
    Moussu dé Marçallus és mort !... »
    É la doulou cabbat lou mounde
    Coumménçant sa lugubre rounde,
    Esténout soun bouale dé do ;
    É coumme une déséspérade,
    D'une bouas funébre, éstouffade,
    Bramèoue én sé sarrant lou co :

« Oun aniran tusta chén béle ?
Débért oun bira chén éstélle ?
Lou malhure a pérdut sa luts,
É la féblésse soun éscorre !
Qui béstira mouns praoubes nuts ?
Qui lous caouera quand y torre ?
Oun anira la praoubetat,
Coumme une béouse désoulade,
Magre, flachide, éspérraquade,
Ploura soun pan dé charitat ? »
— É dé larmes toute napide,
D'un troupét dé mendiants séguide,
La doulou débért aou ségrat
Dinqu'à la hosse accoumpagnéoue
Lou tahüc dou grand Marçallus ;
Tandis qué soun oumbre à catsus
Débért aou céou dan soun anye mountéoue.
Lou Paradis à mouns souéils sé draoubit,
É l'éspace pértout lusit
Bagnat dé luts ésblouissante.
Muse, brise aciou toun pincéou.
Jaméy d'un paréil tabléou
N'attrapperas la coulou rabissante :
Trémble dé bése l'Éternel
Cheytat sus soun trône immourtel,
Courounnat dé souréils é béstit dé lumière !
Trémble daouan la Trinitat,
Térrible é douce majéstat,
Triple unitat d'amou, dé puissance é clartat,
É qué lous Saints déns la prièré
Adorent lou cap proustérnat.
Béoutat chens égale,
Qui pouyré chens bouale

Jamey réjusti
Daouan ta présénce
Chens s'anéanti ?
Ta magnificénce
Abugle, ésblouis ;
É lou Paradis
Dé ta gloire brille
É pértout scintille
Coumme dé rubis.
Citat adourade,
Poumpouse, parade,
O palays dou Céou
Oun ta réjouide
La bie ésbéride
S'éscoule flouride,
Douce coumme méou.
Oun tant de biérgéttes,
Pures anyeléttes,
Aymables, brouyettes,
A l'ouéil téndre é biou,
Coubrent dé juncade
La Bierge sacrade,
La may dou boun Diou ;
É lou chur dous anyes,
Dous pius archanyes,
Brillants séraphins,
Ardénts chérubins,
Qué cantent louanyes,
Déns l'Éternitat
A la Majéstat
Dou Diou dé Justice,
Sébère é proupice ;
Célestes ésprits,

Mignouns , ésbérits ,
Dount l'ale azurade ,
É toutyoun abiade
D'un éssort ta biou ,
Déns l'azur sé brésse ,
É plane chens cesse
Aoutourn dou boun Diou.
Une troupe fiere
D'aquets anyéléts ,
Bious coumme lugréts ,
Décap à la terre ,
D'un bol cadençat ,
A prés soun abiade ,
É , d'une boulade ,
La pétite armade
A léou rémountat.
Cadun abiouat ,
Éscarrabillat ,
Cante une louanye
Aou coustat dé·l'anye
Qué boule à catsus ,
Accoumpagnant l'oumbre
Dou grand Marçallus.
La troupe chéns noumbre
Dé plasé boundis ;
É lou Paradis
D'un joyous cantique ,
Dibine musique ,
Pértout rétentis.
Dou Diou magnifique ,
Grand , majéstuous ,
Puissant , glourious ,
É tout radious ,

La bouas inéffable
D'émoi déléctable
Héy frémi lou sén
Dé l'anye én éxtase,
Dount lou co dé brase
Palpite bourént,
Dount l'ale dé gaze
Brouncis coumme un bént :
« Marçallus, plouris pas la trame
Dount lous jouns là bas sount téchuts ;
Là bas la neyt, aciou la luts,
Dé clartats énibre toun ame,
Tu qu'as béstit lous praoubes nuts,
Qu'as nourrit la foule ahamiade,
Rafrésquit la bouque altérade !
Éntre déns la céleste court !
Ta récoumpénse és immourtelle ;
Jouis dé la bie éternelle. »
É Marçallus débert aou térrestre séjourt
Birèt éncare un cop soun régard charitable,
É sa man aous praoubéts que lou malhure accable
Hasèoue bése Beauséjourt...*

---

* Depuis la mort de **M.** le comte, **M**me. la comtesse
de Marcellus habite le château de Beauséjour.

Déns moun co tout ardént, amic, sé jamey mores,
    Aou moumént bouy mouri.

Nou, nou. Biouras toutyoun aci déns ma mémoire;
    Quand l'aoube lusira,
Quand toumbera la ncyt, à dise toun histoire,
    Moun co s'ésblandira.

Mais, praoubéts! bas ta louing! mé bas pérde dé biste?
    Nou, né creyrey jamey...
Mais ta louing, praoube amic! ah! qu'oublident ta biste
    Quand né bésent pas mey!

Èrent ta bien aci, pérqué partes éncare?
    Qu'acos triste, moun Diou!
Damoré... n'és pas téns... t'én aniras toutare...
    Rétarde aquét adiou!

Aquét supréme adiou qué m'héy héri d'aouance!
    Né bouy pas y pénsa...
Jouin d'aquét mouméut... Ah! cruelle partance!
    Coumme bas mé dicha...!

Mé quittes? té.. mouns ouéils sé soun capérats d'oumbres,
    Moun pous s'és arréstat...
Sénti boulétéya mille pénsades soumbres,
    É moun co s'és glaçat!

A

MOUN AMIC ROUBÈRT.

QUAND S'ÉN ANGOUT A ORLÉANS.

Adiou ! pérqué t'én bas, éscoute lou lengatye
    D'un co burlat d'amou,
Que bién lèou éntérrat déns un triste béousatye
    Ba mouri dé doulou.

Diou bouilli qué jamey dou crum dé la témpèste
    Né sïïs oumbratyat ;
Qué cade joun pér tu sé léoui joun de heste,
    É toun céou éstéllat.

Qué lou négue anujè né glaci pas toun ame
    Dé soun triste poutoun ;
É qué l'affrus chagrin dé sa brégnouse lame
    Né piqui pas toun frount.

Amic, qu'un sable d'ort té mésuri lés hores :
    É déns moun soubéni,

DÉ LA GATIBOURRE.

PURMÈ CHANT DÉ LA HOLLE DÉ SÉN LOUBERC.

ÉPISODE DE 93, EN XII CHANTS.

⸎

Ère la neyt. Lou malhur repaousèouc ;
Lou maou débout déns l'oumbre soul béilleoue ;
   Aquét démoun né drom jamey.
   Bélzébuth , déns lés caoues soumbres
   De l'infèrn oun brament lés oumbres,
   Débat lés griffes d'un biéil rey,
   Aoué rassémblat sa phalanyè ;
   É dé soun éstoumac curat
   Sourtioue aquet crit dé bérrat ;
« Guerre à l'homme pértout, guerre à Diou, guerre à l'anye,
O sourdats dé la neyt, mastan noste drapeou !
   Qué n'ésti pas dit qué lou ceou
Aouji fourçat l'infern à li rénde lés armes !

Qué Gabriel, louing dé soun but,
S'én tourni, l'ouéil bagnàt dé larmes,
A soun Diou counta lous bacarmes,
La bictoire dé Bélsébuth !
Bésets làbas sus la coste oun s'apite
Sén Louberc aou clutché brunit ?
Là bas une femme maoudite,
Dan soun rosere blanc é soun aygue bénite,
Nous hey la guerre à mort é nous boute aou défit
Dé poudé l'éntrayna déns la fatale rounde,
Oun sé désmembre lou mounde
Aous airts dé la réboulutioun ;
A jou bictoire ! à d'ére, amics, malédictioun ? »
            La boute inférnale
            Coumme une rafale
            S'ésbranle é brouncis ;
            La bande prouscrite,
            Damnade é maoudite
            Dé courrou frémis ;
            É l'écho terrible
            Dé l'abîme horrible
            Chourdemént trénis ;
            Coumme un cliquetis
            Dé biéilles carquasses,
            Qué dansent én round,
            Én hasént grimaces
            Déns l'Infern pruhoun.
            La Coulère ardénte,
            Dé furou bourénte,
            Aou péou tout quillat,
            A l'ouéil alluquat,
            Dount lou co cramat
            Toutyoun sé calcine,

Déns cade potrine
Jitte soun bénin ;
É coumme une armade
Dé furie abiade.,
La bande damnade,
Dé raouje bourin,
Hiduse couhorte,
A prés soun éssort
Débert à la porte,
Dount l'affrus réssort
Bire, grince, cride.
D'un hurlét pu fort,
Coumme une éstroumpide
Déns un putch pruhoun,
L'abîme réspound...
Lés Oumbres fatales
Élargin sés ales,
Dou Prince Démoun
Séguissent la trace
Décap à la luts,
Oun l'humaine race
A souns jouns téchuts ;
É pértout oun passe
L'affrus régimént,
Dèbat soun haléne
Qué burle én courrént,
Coumme une ame én péne,
La Terre gémis ;
La flou sé flachis ;
L'herbe sé roustis ;
La source és taride ;
La luts obscurcide ;
Lous praoubes troupets,

Dount lous caps s'abachent,
Tristemént pantachent,
L'ale dous aousets
Déns l'airt amourtide,
S'arreste éstàride ;
Lous pétits maynats,
Aou sén péndillats,
D'une bouque abide,
Dé la poupe bide
Apèrent la leyt ;
É la may dé péne
Sént bouri sa béne,
É soun co sé héne ;
É péndént la neyt,
D'horribles pénsades
Passent à boulades,
Déns lous caps ardents ;
É dé hidus crimes
Mountent lous abimes
Dous cos é dous réns.

Bélsébuth toque à la couline
Oun sén Louberc és appitat,
É déns la gleyse, à la chourdine,
Soun régimént s'és énfilat.
Atchi la Religioun bannide
A bis déchira souns drapeous,
Brisa sa courounne flouride,
Proufana souns sacrats toumbeous ;
É la réboulutioun hardide
Usurpa soun trone d'aounou ;
É lou club réboulutiounnaire
Éncénsa d'une infame ardou
La Déesse dou désaounou

Déns l'asyle dé la Priére.
Atchi lou prince Démoun
D'une inférnale cadence
Coumménce lou round ;
Cadun sé balance,
Aou branle sé lance ;
É dé sa cansoun
Bélsébuth aouance
Excite la danse ;
É l'affruse engeance
Birole toutyoun ;
É lou chur énsémble,
Ranimant soun trin,
Répète un réfrin
Dount la gleyse trémble :
Tat la le tat la le tat la le la la !
Qué tout s'émbrasi,
Qué tout s'éscrasi,
Qué tout s'abrasi !
Abracadabra.

BÉLZÉBUTH.

Trioumphats, abîmes.
Une m'a dé crimes
Ba tout capéra.
Éscoutats la Terre
Plégne dé misère
Dé pértout brama.

LOU CHUR.

Ta la le... etc.

BÉLZÉBUTH.

Trioumphats , Sourcières .
Biéilles Filandières ,
Dount lous ouéils pountchuts ,
Parçant la ncyt soumbre ,
Aou mitan dé l'oumbre
Y bésent chén luts ;
Dount lous dits crouchuts
Hésent nouyts chén noumbre ;
Dount lous pots affrus
Y bouent déssus.

LOU CHUR.

Tat la le..., etc.

BÉLZÉBUTH.

Ésprits débinayres ,
Antaoumes tcharmayres ,
Puple loutgaroun ,
Qué, d'une ame én péne ,
Toutyoun én haléne ,
Trotes dinqu'aou joun.
La réboulution ,
Én crimes fécounde ,
Capère lou mounde
Dé désoulatioun.
Race dou démoun ,
Coumménce ta rounde
Dé jubilatioun.

LOU CHUR.

Tat la le...., etc.

BÉLZÉBUTH.

Qué Sén Louberc hurli,
S'aouéqui, sé burli,
É qué dou Séndic
La coulére abiade,
Ardénte, animade,
Pr'un souffle énnemic,
Désbordi soun ame,
Roustissi sa femme,
Coumme un bént qué crame,
Un bénin d'aspic.

LOU CHUR.

Tat la le...., etc.

BÉLZÉBUTH.

Lou boun Diou qué ploure,
L'anye tout hamourre
Déns soun co gémis;
La Biérge attristade,
Dé larmes bagnade,
Dé péne pâlis.

LOU CHUR.

Tat la le...., etc.

BÉLZÉBUTH.

Alluquan lés ames ,
Dé désirs infames ,
D'une impure ardou ;
Qué cadun frémissi ,
Cade sén bourissi
D'impudique amou .
Qué lés mans sanglantés
Plounyint, palpitantes ,
Lou pougnard aou co !
Qué déns la famille
Lou pay é la hille ,
Lou fray é la so
Sé souillint dé crimes
Dé fourfaits chèn noum ,
Qué déns lous abîmes
N'hèsint qu'un carboun.

LOU CHUR.

Tat la le tat la le tat la le la la.
Qué tout s'émbrasi ,
Qué tout s'éscrasi ,
Qué tout s'abrasi. "
Abracadabra !

A MON RUISSEAU.

DÉDIÉ A M. R***., QUI POUVAIT ME RENDRE

D'IMPORTANTS SERVICES.

Ruisseau, que votre sort excite mon envie !
Hé quoi ! vous murmurez ! Ah ! ruisseau , taisez-vous ;
Laissez-moi soupirer... vous aussi sauriez-vous
Les tourments éternels qui déchirent la vie ?

Parmi vous connaît-on la noire jalousie ?
Voit-on des suppliants tomber à deux genoux ?
Car, hélas ! c'est le sort qui nous accable tous !
Toujours l'heure qui fuit d'un regret est suivie !

Veut-on aux yeux des grands étaler ses douleurs...
L'homme heureux se détourne au spectacle des pleurs,
Et dédaigne en fuyant la misère plaintive.

Non, ruisseau, non, chez vous il n'est point de soupirs.
Vous promenez, content, votre onde fugitive.
Et toujours vos bienfaits sont vos plus doux plaisirs.

LA

MORT DE MYRTA

(ÉPAGNEULE).

ÉLÉGIE.

A mon ami l'abbé Lescouzères.

—◦◦◦◦◦—

Il faut donc que la mort, étouffant sous son aile
    Nos plus tendres objets,
Sans pitié de nos pleurs, de sa serre cruelle
    Les étreigne à jamais?
Myrta, n'est plus, ami! Des chiens les plus aimables
    Elle a subi le sort;
Moins fidèle, en dépit des lois impitoyables,
    Elle eut bravé la mort.
Il faut que du destin la rigueur s'accomplisse,
    Il faut que l'aquilon,
Des plus charmantes fleurs effeuillant le calice,
    Désole le vallon.
Il faut que de l'éclair, sous les plis du nuage,
    Meure l'éclat si pur!

Il faut que d'un beau ciel un noir souffle d'orage
     Vienne ternir l'azur !
Myrta n'est plus ! dis-moi, toi, pour qui sa tendrese
     S'exhalait en soupir,
En élans si joyeux, en baisers, en caresse,
     Devait-elle mourir ?
De son œil jaillissait une si tendre flamme !
     Quand son regard semblait,
Se suspendant au mien, deviner dans mon âme
     Le poids qui m'accablait.
Solitaire en ces jours, de ma tristesse amère
     Elle prenait sa part ;
Et je voyais des pleurs au bord de sa paupière
     Humecter son regard.
Elle oubliait son pain, l'aliment de sa vie,
     Et ses jeux les plus chers,
Pour pleurer de son maître (incomparable amie !)
     Les chagrins trop amers.
Puis jusqu'à mes genoux sa souffrance timide
     Gravissait quelquefois,
Et semblait demander de son regard avide,
     De sa plaintive voix,
Si j'étais triste encor... si le nuage sombre,
     Sur ma tête épandu,
Laissait flotter encore le crêpe de son ombre
     Sur mon front abattu.
Mais quels élans ! quels cris ! quels transports ! quelle joie !
     Quel enivrant désir !
Comme elle s'ébattait ! comme ses longues soies
     Frissonnaient de plaisir !
Quand le maître plus calme, en d'innocentes trèves,
     A Myrta laissait voir
Un front moins soucieux, écartant de ses rèves

La nuit au voile noir.
Que Myrta tressaillait de superbe allégresse !
En devançant ma main,
Lorsque mon bras lançait le trait que sa prestesse
Me rapportait soudain.
Que j'aimais à la voir, de son flottant panache,
Battre ses flancs émus !
Et les plis ondoyants de sa robe sans tache,
Et ses yeux éperdus.
Que j'aimais à la voir à cheval sur la chatte,
Compagne de ses jours
Qui se prêtait aux jeux, dont la clémente patte
S'habillait de velours.
Innocents animaux ! vous étiez de même âge
Et de même grandeur ;
Vous eûtes même sort : sur vous le même orage
A soufflé sa fureur.
Ce que j'aimais le plus, hélas ! sur cette terre
M'avait été ravi ;
Myrta restait encore à ma douleur amère,
Et charmait mon souci.
Jamais on ne la vit, importune et gourmande,
Dérober un morceau ;
Jamais son appétit ne faisait la demande
Du plus petit lambeau.
Muette, elle épiait... Et toujours satisfaite,
Si le maître oubliait
De lui faire sa part, ellle baissait la tête,
Et puis se retirait.
C'était plaisir de voir sa délicate allure,
Quand, du bout de sa dent,
Myrta sur mes genoux effleurant sa pâture,
L'attirait doucement !

Elle n'est plus, hélas ! Un jour la pauvre amie,
    Au cœur hospitalier,
D'un chien frère passant s'approche et le convie
    Aux douceurs du foyer ;
L'animal se retourne, et sa dent virulente
    A la pauvre Myrta
Inocule un poison..., dont la terre tremblante
    Toujours s'épouvanta.
Dès lors myrta n'eut plus ni baisers ni caresses ;
    De tous ceux qui l'aimaient
Elle n'éprouva plus que d'amères rudesses ;
    Tous... ils la repoussaient !
Elle parut comprendre... Et de loin sa pauvre âme
    Semblait chercher encor
Si nul ne répondait à son regard de flamme,
    Et ne pleignait son sort.
On la voyait trembler et ramper à la vue
    De ses anciens amis ;
Mais aucun ne donnait à sa tendresse émue
    Ni larmes, ni souris.
Son maître même, hélas ! par coupable faiblesse,
    Son maitre s'éloigna !
Il craignit les assauts de sa lâche tendresse,
    Et loin d'elle pleura.
Il aurait adouci de son heure dernière,
    Le terrible moment :
Elle aurait vu des pleurs, elle eut clos sa paupière,
    Hélas ! plus doucement.
Des barbares commis à l'horrible torture,
    Prélude de sa mort,
Firent jaillir de l'arme une double blessure,
    Elle vivait encor !
Ruisselante de sang, terrible, elle s'élance...,

Et, malgré tous ses maux,
A la porte du maître apportant sa souffrance,
Elle fuit ses bourreaux.
Vous, dont le cœur jamais ne s'ouvrit aux doux charmes
D'une telle amitié,
De vos yeux ce spectable eût arraché des larmes
De touchante pitié.
Ardente à s'élancer, et sur mon seuil dressée,
D'un hurlement plus fort
Elle semblait crier : Ami, je suis blessée,
Sauve-moi de la mort !
Et voyant ses bourreaux acharnés à poursuivre
Le reste vacillant
De sa fragile vie, et néanmoins à vivre
Son instinct la poussant,
Dans le fond d'une grange elle se réfugie ;
Mais le sanglant chemin
A décélé l'asile où gît son agonie ;
Myrta touche à sa fin !
Le maître alors parut... Le feu dans les prunelles,
Menaçaut ses bourreaux,
Myrta semble un moment en des forces nouvelles
Oublier tous ses maux.
Un éclair de bonheur a sillonné sa face !
Elle revoit l'objet
De ses tendres amours...; elle croit à sa grace,
Tant son maître l'aimait !
Mais quand elle le vit surmonter sa faiblesse,
Pour abréger l'effort
Des tourments de Myrta ; puis armer sa tendresse
De l'instrument de mort !
Tremblante et résignée, et sa triste paupière
affaissée à demi,

Elle parut me dire à son heure dernière :
        Et toi, mon maître, aussi ?
Depuis pas un rayon n'a percé la nuit sombre
        Qui flotte sur ces lieux ;
Ici, tout est muet, et les yeux voilés d'ombre,
        Et les fronts soucieux.
Le foyer est désert : de regret consumée,
        La chatte même, hélas !
Ne voyant plus venir Myrta, sa bien aimée,
        A subi le trépas.
Ami, tout passe donc ainsi sur cette terre,
        Ne vivant qu'à moitié ?
Le sort devrait du moins d'une vie éphémère
        Respecter l'amitié ?

LES

CONTRASTES DANS L'AMITIÉ.

A M. V***.

⸻◦◦⬦◦◦⸻

Vous êtes brillant d'opulence ;
L'or affiche votre splendeur ;
Moi je pâlis dans l'indigence,
Courbé sous les fers du malheur.
Le sort semble d'un bras contraire
Vouloir nos destins désunis ;
Vous, le faste, moi, la misère !
Et pourtant nous sommes amis !   *(bis.)*

Pour vous la fortune fidèle
Sema de fleurs votre berceau ;
Sur moi la marâtre cruelle
Tendit une main de bourreau.
Tout souriait à votre enfance ;
La mienne pleurait ses ennuis.
Entre nous quelle différence !
Et pourtant nous sommes amis !   *(bis.)*

Chez vous se croisent des cohortes
De protégés, de débiteurs ;
Des créanciers de toutes sortes
Viennent m'assiéger de clameurs.
Heureux encor quand la *Justice*
Retient ses limiers aguerris :
Vous n'entrez point dans cette lice,
Et pourtant nous sommes amis !   *(bis..).*

Ah ! passe encor que la richesse
Tienne le frein de l'amitié ;
Mais, ô douleur ! cette maîtresse
Enchaîne l'œil de la beauté.
De ce qui luit la jeune fille
Sent, hélas ! son cœur trop épris.
Je suis défait, en vous tout brille ;
Et pourtant nous sommes amis !   *(bis.)*

Expliquez-moi donc, je vous prie,
Ces contrastes mystérieux ;
Votre amitié charme ma vie,
Comme un parfum délicieux.
Quelle est la secrète puissance
Qui conserve nos cœurs unis ?
Et, malgré tant de différence,
D'où vient que nous sommes amis ?   *(bis.)*